AF597154

INV. RÉSERVE
Ye 2222

Y. 5290

Y. 3340
1.

Ye 222

NOVVELLES EN VERS

TIRÉE DE BOCACE ET DE L'ARIOSTE.

Par M. de L. F.

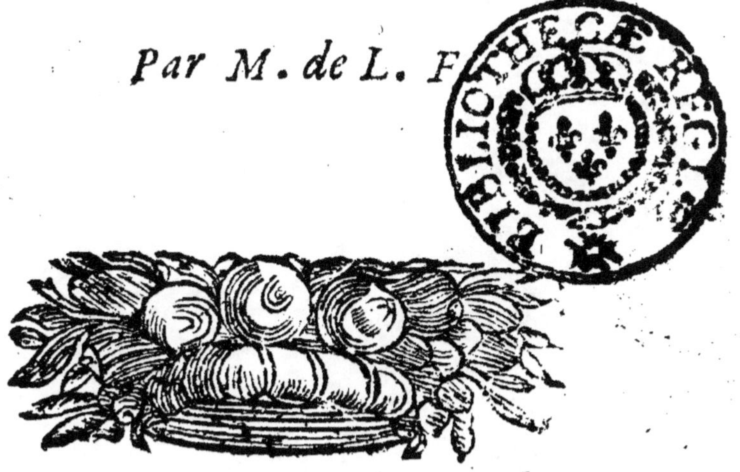

A PARIS,
Chez CLAVDE BARBIN, vis à vis le Portail de la Sainte Chapelle, au signe de la Croix.

M. DC. LXV.
AVEC PRIVILEGE DV ROY.

ADVERTISSEMENT.

Les Nouuelles en Vers, dont ce Liure fait part au public, & dont l'vne est tirée de l'Arioste, l'autre de Bocace, quoy que d'vn style bien different, sont toutefois d'vne mesme main. L'Autheur a voulu éprouuer lequel caractere est le plus propre pour rimer des Contes. Il a creu que les Vers irreguliers ayant vn air qui tient beaucoup de la Prose, cette maniere pourroit sembler la plus naturelle, & par consequent la meilleure. D'autre part aussi le vieux langage, pour les choses de cette nature, a des graces que celuy de nostre siecle n'a pas. Les cent Nouuelles Nouuelles, les vieil-

les Traductions de Bocace & des Amadis, Rabelais, nos Anciens Poëtes nous en fournissent des preuues infaillibles. L'Autheur a donc tenté ces deux voyes sans estre encore certain laquelle est la bonne. C'est au Lecteur à le determiner là dessus; car il ne pretend pas en demeurer là, & il a desia ietté les yeux sur d'autres Nouuelles pour les rimer. Mais auparauant il faut qu'il soit asseuré du succés de celles-cy, & du goust de la pluspart des personnes qui les liront. En cela comme en d'autres choses, Terence luy doit seruir de modele. Ce Poëte n'escriuoit pas pour se satisfaire seulement, ou pour satisfaire vn petit nombre de gens choisis; il auoit pour but, Populo vt placerent quas fecisset Fabulas.

LE COCV BATTV ET CONTENT,

NOVVELLE

Tirée de Bocace par M. de L. F.

N'A pas long-temps de Rome revenoit,
Certain Cadet qui n'y profita guere:
Et volontiers en chemin sejournoit,
Quand par hazard le Galand rencontroit
Bon vin, bon giste, & belle Chambriere.
Avint qu'vn iour en vn Bourg arresté,
Il vid passer vne Dame iolie,
Leste, pimpante, & d'vn Page suivie,
Et la voyant il en fut enchanté.
La convoita; comme bien sçavoit faire:
Prou de pardons il avoit rapporté,
De vertu peu, chose assez ordinaire.

La Dame eſtoit de gracieux maintien,
De doux regard, ieune, fringante, & belle;
Somme qu'enfin il ne luy manquoit rien
Fors que d'avoir vn Amy digne d'elle.
Tant ſe la mit le droſle en la cervelle,
Que dans ſa peau peu ny point ne duroit.
Et s'informant comment on l'appelloit,
C'eſt, luy dit-on, la Dame du Village.
Meſſire Bon l'a priſe en mariage,
Quoy qu'il n'ait plus que quatre cheveux gris:
Mais comme il eſt des premiers du Païs,
Son bien ſupplée au defaut de ſon aage.
Noſtre Cadet tout ce détail apprit,
Dont il conceut eſperance certaine.
Voicy comment le Pelerin s'y prit.
Il envoya dans la ville prochaine
Tous ſes valets, puis s'en fut au Château;
Dit qu'il eſtoit vn ieune Iouvenceau
Qui cherchoit Maiſtre, & qui ſçavoit tout faire.
Meſſire Bon fort content de l'affaire,
Pour Fauconnier le loüa bien & beau;
(Non toutefois ſans l'avis de ſa femme.)

Le Fauconnier plut tres-fort à la Dame,
Et n'estant homme en tels pourchas nouveau,
Guere ne mit à declarer sa flame.
Ce fut beaucoup; car le vieillard estoit
Fou de sa femme; & fort peu la quittoit,
Sinon les iours qu'il alloit à la chasse.
Le Fauconnier qui pour lors le suivoit
Eust demeuré volontiers en sa place.
La ieune Dame en estoit bien d'accord:
Ils n'attendoient que le temps de mieux faire :
Quand ie diray qu'il leur en tardoit fort,
Nul n'osera soûtenir le contraire.
Amour enfin qui prit à cœur l'affaire
Leur inspira la ruse que voicy.
La Dame dit vn soir à son Mary.
Qui croyez-vous le plus remply de zele
De tous vos gens ? Ce propos entendu,
Messire Bon luy dit. I'ay toûjours creu,
Le Fauconnier garçon sage & fidelle,
Et c'est à luy que plus ie me fierois.
Vous auriez tort, repartit cette belle,
C'est vn méchant; il me tint l'autre fois
Propos d'amour, dont ie fus si surprise
Que ie pensay tomber tout de mon haut.
Car, qui croiroit vne telle entreprise ?

Dedans l'esprit il me vint aussi-tost
De l'étrangler, de luy manger la veuë:
Il tint à peu, ie n'en fus retenuë,
Que pour n'oser vn tel cas publier.
Mesme à dessein qu'il ne le pust nier,
Ie fis semblant d'y vouloir condescendre:
Et cette nuit, sous vn certain poirier,
Dans le iardin, ie luy dis de m'attendre.
Mon mary, dis-je, est toujours auec moy,
Plus par amour, que doutant de ma foy.
Ie ne me puis dépestrer de cét homme,
Sinon la nuit, pendant son premier somme.
D'aupres de luy tâchant de me lever,
Dans le iardin ie vous iray trouver.
Voila l'estat où i'ay laissé l'affaire,
Messire Bon se mit fort en colere.
Sa femme dit. Mon mary, mon espoux,
Iusqu'à tantost caché vostre courroux:
Dans le iardin attrappez le vous mesme;
Vous le pourrez trouver fort aisément.
Le poirier est à main gauche en entrãt:
Mais il vous faut vser de stratagéme.
Prenez ma iuppe, & contrefaites vous:
Vous entendrez son insolence extréme:
Lors d'vn bâton dónez luy tant de coups,

Que le Galand demeure ſur la place.
Ie ſuis d'avis que le fripponneau faſſe
Tel compliment à des femmes d'hon-
neur.
L'eſpoux retint cette leçon par cœur.
Onc il ne fut vne plus forte dupe
Que ce vieillard, bon-homme au de-
meurant.
Le temps venu d'attraper le Galand,
Meſſire Bon ſe couvrit d'vne iupe,
S'encorneta, s'en fut incontinent
Dans le iardin, ou ne trouva perſonne.
Garde n'avoit. Car tandis qn'il friſſon-
ne,
Claque des dents, & meurt quaſi de
froid:
Le Pelerin, qui le tout obſervoit,
Va voir la Dame, avec elle ſe donne
Tout le bon-temps qu'on a, comme ie
croy,
Lors qu'amour ſeul eſtant de la partie,
Entre deux draps on tient femme iolie,
Femme iolie, & qui n'eſt point à ſoy.
Quand le Galand vn aſſez bon eſpace
Avec la Dame euſt eſté dans ce lieu,
Force luy fut d'abandonner la place:

Ce ne fut pas sans le vin de l'adieu.
Dans le iardin il court en diligence.
Messire Bon rempli d'impatience,
A tous momens sa paresse maudit.
Le Pelerin, d'aussi loin qu'il le vid,
Feignit de croire appercevoir la Dame,
Et luy cria. Quoy donc, méchante femme,
A ton mary tu brassois vn tel tour?
Est-ce le fruit de son parfait amour?
Dieu soit témoin que pour toy i'en ay honte:
Et de venir ne tenois quasi conte,
Ne te croyant le cœur si perverty
Que de vouloir tromper vn tel mary.
Or bien, ie vois qu'il te faut vn amy:
Trouvé ne l'as en moy, ie t'en asseure,
Si i'ay tiré ce rendez-vous de toy,
C'est seulement pour éprouver ta foy.
Et ne t'atends de m'induire à luxure.
Grand Pecheur suis; mais i'ay, la Dieu mercy,
De ton honneur encor quelque souci.
A Monseigneur ferois-je vn tel outrage?
Pour toy tu viens auec vn front de Page,
Mais, foy de Dieu, ce bras te chastîera,

Et Monſeigneur puis apres le ſçaura.
Pendant ces mots l'Epoux pleuroit de ioye ;
Et tout raui, diſoit entre ſes dents,
Loüé ſoit Dieu, dont la bonté m'enuoye
Femme & valet ſi chaſtes, ſi prudens.
Ce ne fut tout. Car à grands coups de gaule
Le Pelerin vous luy froiſſe vne eſpaule:
De horions laidement l'accouſtra :
Iuſqu'au logis ainſi le conuoya.
Meſſire Bon euſt voulu que le zele
De ſon Valet n'euſt eſté iuſques-là :
Mais le voyant ſi ſage & ſi fidelle
Le bon hommeau des coups ſe conſola.
Dedans le lit ſa femme il retrouva,
Luy conta tout, en luy diſant : mamie,
Quand nous pourrions viure cent ans encor,
Ny vous ny moy n'aurions de noſtre vie
Vn tel valet : c'eſt ſans doute vn treſor.
Dans noſtre Bourg ie veux qu'il prenne femme,
A l'auenir traitez le ainſi que moy.
Pas n'y faudray, luy repartit la Dame,
Et de cecy ie vous donne ma foy.

Extrait du Priuilege du Roy.

PAR Grace & Priuilege du Roy, donné à Paris le 14. iour de Ianuier 1664. Signé par le Roy en son Conseil PVCELLE, il est permis à Claude Barbin Marchand Libraire de nostre bonne Ville de Paris, d'imprimer ou faire imprimer *La Ioconde & la Matrone d'Ephese*, en tels volumes ou caracteres que bon luy semblera, durant le temps & espace de sept années; à compter du iour qu'il sera acheué d'imprimer : Et cependant deffences sont faites à tous Imprimeurs, Libraires, & autres personnes, d'imprimer ou contrefaire ledit Liure à peine de trois mil liures d'amende, confiscation des Exemplaires contrefaits, & de tous dépens, dommages & interests, ainsi qu'il est plus au long mentionné esdites Lettres.

Acheué d'imprimer le 10. Decembre 1664.

Les Exemplaires ont esté fournis.

IOCONDE OV L'INFIDELITE' DES FEMMES.

NOVVELLE PAR M. DE L. F.

IAdis regnoit en Lombardie
Vn Prince aussi beau que le iour,
Et tel, que des beautez qui regnoient à sa Cour,
La moitié luy portoit enuie,
L'autre moitié brusloit pour luy d'amour.

Vn jour qu'il ſe miroit dans le criſtal
d'vne onde ;
Ie gage, ce dit-il, qu'il n'eſt point
d'homme au monde,
Qui me puiſſe égaler en matiere d'ap-
pas.
I'y mettray ſi l'on veut la meilleure
Prouince
De mes Eſtats ;
Et s'il s'en rencontre vn, ie promets
foy de Prince,
De le traiter ſi bien qu'il ne s'en plain-
dra pas.
A ce propos s'auance vn certain Gen-
til-homme
D'aupres de Rome.
Sire, dit-il, ſi voſtre Majeſté
Eſt curieuſe de beauté,
Qu'elle faſſe venir mon frere;
Aux plus charmans il n'en doit
guere ;
Ie m'y connois vn peu, ſoit dit ſans
vanité.
Toutefois en cela pouuant m'eſtre
flaté,
Que ie n'en ſois pas crû, mais les

cœurs de vos Dames :
Du ſoin de guerir leurs flames
Il vous ſoulagera ſi vous le trouuez bon.
Car de pouruoir vous ſeul au tourment de chacune,
Outre que tant d'amour vous ſeroit importune,
Vous n'auriez jamais fait, il vous faut vn ſecond.
Là deſſus Aſtolphe répond,
(C'eſt ainſi qu'on nommoit ce Roy de Lombardie)
Voſtre diſcours me donne vne terrible enuie
De connoiſtre ce frere:amenez le nous donc.
Voyons ſi nos beautez en ſeront amoureuſes,
Si ſes appas le mettront en credit :
Nous en croirons les connoiſſeuſes :
Comme tres-bien vous auez dit.

Le Gentil-homme part & va querir
Ioconde,
C'eſt le nom que le frere auoit.
A la campagne il viuoit,
Loin du commerce & du monde.
Marié depuis peu ; content, ie n'en ſçais rien.
Sa femme auoit de la ieuneſſe,
De la beauté, de la delicateſſe ;
Il ne tenoit qu'à luy qu'il ne s'en trouuaſt bien.
Son frere arriue, & luy fait l'ambaſſade ;
En fin il le perſuade.
Ioconde d'vne part regardoit l'amitié
D'vn Roy puiſſant, & d'ailleurs fort aimable ;
Et d'autre part auſſi, ſa charmante moitié,
Triomphoit d'eſtre inconſolable,
Et ſe diſtilloit en adieux
A tirer les larmes des yeux.
Quoy tu me quites, diſoit-elle,
As tu bien l'ame aſſez cruelle,

Pour preferer à ma constante
amour,
Les faueurs de la Cour?
Tu sçais qu'à peine elles durent
vn jour;
Qu'on les cõserue auec inquietude
Pour les perdre auec desespoir:
Si tu te lasses de me voir,
Songe au moins qu'en ta so-
litude
Le repos regne iour & nuit:
Que les ruisseaux n'y font du
bruit
Qu'afin de t'inuiter à fermer la pau-
piere.
Croy moy, ne quite point les hostes
de tes bois,
Ces fertiles valõs, ces ombrages si cois;
Enfin moy qui deurois me nommer la
premiere:
Mais ce n'est plus le temps, tu ris de
mon amour:
Va cruel, va monstrer ta beauté sin-
guliere;
Ie mouray, ie l'espere, auant la fin du
jour.

L'Histoire ne dit point, ny de quelle maniere
Ioconde pût partir, ny ce qu'il répondit,
Ny ce qu'il fit, ny ce qu'il dit.
Ie m'en tais donc aussi de crainte de pis faire.
Disons que la douleur l'empescha de parler ;
C'est vn fort bon moyen de se tirer d'affaire.
Sa femme le voyant tout prest de s'en aller
L'accable de baisers, & pour comble luy donne
Vn brasselet de façon fort mignóne.
En luy disant, ne le pers pas,
Et qu'il soit toûjours à t'on bras
Pour te ressouuenir de mon amour extréme :
Il est de mes cheueux, ie l'ay tissu moy mesme.
Et voyla de plus mon portrait
Que j'attache à ce brasselet.
Vous autres bonnes gens eussiez crû que la Dame

Vne heure apres eût rendu l'ame.
Moy qui ſçais ce que c'eſt que l'eſprit d'vne femme,
Ie m'en ſerois à bon droit defié.
Ioconde partit donc, mais ayant oublié
Le braſſelet & la peinture
Par ie ne ſçay quelle auanture.
Le matin meſme il s'en ſouuient;
Au grand galop ſur ſes pas il reuient,
Ne ſçachant quelle excuſe il feroit à ſa femme;
Sans rencontrer perſonne, & ſans eſtre entendu
Il monte dans ſa chambre, & voit prés de la Dame,
Vn lourdaut de Valet ſur ſon ſein étendu.
Tous deux dormoient, de prim'abord Ioconde
Voulut les enuoyer dormir en l'autre monde:
Mais cependant il n'en fit rien;
Et mon auis eſt qu'il fit bien.
Le moins de bruit que l'on peut faire
En telle affaire,

Eſt le plus ſeur de la moitié.
Soit par prudence ou par pitié,
Le Romain ne tua perſonne.
D'éueiller ces Amans, il ne le faloit pas:
Car ſon honneur l'obligeoit, en ce cas,
De leur donner le treſpas.
Vy méchante, dit-il tout bas,
A t'on remords ie t'abandonne.
Ioconde là deſſus ſe remet en chemin,
Révant à ſon mal-heur tout le long du voyage;
Bien ſouuent il s'écrie au fort de ſon chagrin.
Encor ſi c'eſtoit vn blondin!
Ie me conſolerois d'vn ſi ſenſible outrage;
Mais vn gros lourdaut de Valet!
C'eſt à quoy i'ay plus de regret,
Plus i'y penſe, & plus i'enrage:
Ou l'amour eſt aueugle, ou bien il n'eſt pas ſage
D'auoir aſſemblé ces Amans.
Ce ſont helas ſes diuertiſſemens!
Et poſſible eſt-ce par gageure

Qu'il a causé cette auanture.
Le ſouuenir fâcheux d'vn ſi perfide tour
Alteroit fort la beauté de Ioconde;
Ce n'eſtoit plus ce miracle d'amour
Qui deuoit charmer tout le monde.
Les Dames le voyant arriuer à la Cour
Dirent d'abord, eſt-ce là ce Narciſſe
Qui pretendoit tous nos cœurs enchaîner.
Quoy ! le pauure homme a la iauniſſe:
Ce n'eſt pas pour nous la donner.
A quel propos nous amener
Vn Galand qui vient de ieûner
La quarantaine ?
On ſe fût bien paſſé de prendre tant de peine.
Aſtolphe eſtoit rauy, le frere eſtoit confus,
Et ne ſçauoit que penſer là deſſus.
Car Ioconde cachoit auec vn ſoin extréme

La cauſe de ſon ennuy:
On remarquoit pourtant en luy
Malgré ſes yeux cauez, & ſon viſage bleſme,
De fort beaux traits, mais qui ne plaiſoient point
Faute d'éclat & d'embon point.
Amour en eut pitié; d'ailleurs cette triſteſſe
Faiſoit perdre à ce Dieu trop d'encens & de vœux;
L'vn des plus grands ſupoſts de l'Empire amoureux
Conſumoit en regrets la fleur de ſa ieuneſſe.
Le Romain ſe vid donc à la fin ſoulagé
Par le meſme pouuoir qui l'auoit affligé.
Car vn iour eſtant ſeul en vne galerie,
Lieu ſolitaire, & tenu fort ſecret:
Il entendit en certain cabinet
Dont la cloiſon n'eſtoit que de menuſerie,
Le propre diſcours que voicy.
Mon cher Curtade, mon ſoucy,
I'ay beau t'aymer, tu n'es pour

moy que glace :
Ie ne vois pourtant Dieu mercy
Pas vne beauté qui m'éface :
Cent Conquerans voudroient auoir ta place ;
Et tu ſembles la mépriſer.
Aymant beaucoup mieux t'amuſer
A ioüer auec quelque Page
Au lanſquenet,
Que me venir trouuer ſeule en ce cabinet.
Dorimene tantoſt t'en a fait le meſſage ;
Tu t'es mis contre elle à iurer,
A la maudire, à murmurer,
Et n'as quité le ieu que ta main eſtant faite,
Sans te mettre en ſoucy de ce que ie ſoûhaite.

Qui fut bien étonné, ce fut noſtre Romain :
Ie donnerois iuſqu'à demain
Pour deuiner qui tenoit ce langage,
Et quel èſtoit le perſonnage

Qui gardoit tant son quant à moy.
Ce bel Adon estoit le nain du Roy,
Et son Amante estoit la Reyne.
Le Romain, sans beaucoup de peyne,
Les vid en approchant les yeux
Des fentes que le bois laissoit en divers lieux.
Ces Amans se fioient au soin de Dorimene ;
Seule elle auoit toûjours la clef de ce lieu là ;
Mais la laissant tomber , Ioconde la trouua ,
Puis s'en seruit, puis en tira
Consolation non petite ;
Car voicy comme il raisonna.
Ie ne suis pas le seul, & puis que méme on quite
Vn Prince si charmant pour vn nain contrefait ,
Il ne faut pas que ie m'irrite.
D'estre quité pour vn Valet.
Ce penser le console, il reprend tous ses charmes,

Il deuient plus beau que iamais,
Telle pour luy verſe des larmes
Qui ſe moquoit de ſes attraits.
C'eſt à qui l'aymera, la plus prude s'en pique ;
Aſtolphe y perd mainte pratique;
Cela n'en fut que mieux ; il en auoit aſſez.
Retournons aux Amans que nous auons laiſſez.

Apres avoir tout vû le Romain ſe retire,
Bien empeſché de ce ſecret:
Il ne faut à la Cour ny trop voir ny trop dire,
Et peu ſe ſont vantez du don qu'on leur a fait
Pour vne ſemblable nouuelle :
Mais quoy Iocondе aymoit auecque trop de zele
Vn Prince liberal qui le fauoriſoit,
Pour ne pas l'avertir du tort qu'on luy faiſoit.
Or comme auec les Roys il faut plus

de miſtere
Qu'auecque d'autres gens ſans doute il n'en faudroit,
Et que de but en blanc leur parler d'vne affaire,
Dont le diſcours leur doit déplaire,
Ce ſeroit eſtre mal à droit.
Pour adoucir la choſe, il fallut que Ioconde,
Depuis l'origine du Monde,
Fit vn dénombrement des Roys & des Ceſars,
Qui ſujets comme nous à ces communs hazards,
Malgré les ſoins dont leur grandeur ſe pique,
Avoient vû leurs femmes tomber
En telle ou ſemblable pratique,
Et l'avoient vû; ſans ſuccomber
A la douleur, ſans ſe mettre en colere,
Et ſans en faire pire chere.
Moy qui vous parle, Sire, aioûta le Romain,

Le iour que pour vous voir ie me mis en chemin,
Ie fus forcé par mon destin :
De reconnoistre Cocuage
Pour vn des Dieux du mariage,
Et comme tel de luy sacrifier.
Là dessus il conta sans en rien oublier
Toute sa déconvenuë ;
Puis vint à celle du Roy.
Ie vous tiens, dit Astolphe, homme digne de foy ;
Mais la chose pour estre creuë
Merite bien d'estre veuë:
Menez moy donc sur les lieux.
Cela fut fait, & de ses propres yeux
Astolphe vid des merveilles
Comme il en entendit de ses propres oreilles.
L'enormité du fait le rendit si confus,
Que d'abord tous ses sens demeurerent perclus :
Il fut comme accablé de ce cruel outrage.
Mais bien-tost il le prit en homme de courage,
En galand homme, & pour le faire

court
En veritable homme de Cour.
Nos femmes, ce dit il, nous en ont donné d'vne,
Nous voicy lâchement trahis ;
Vangeons nous en, & courons le païs,
Cherchons par tout noſtre fortune.
Pour reüſſir dans ce deſſein,
Nous changerons nos noms, ie laiſſeray mon train,
Ie me diray voſtre couſin,
Et vous ne me rendrez aucune deference ;
Nous en ferons l'amour auec plus d'aſſeurance,
Plus de plaiſir plus de commodité,
Que ſi i'eſtois ſuivy ſelon ma qualité.
Ioconde approuua fort le deſſein du voyage.
Il nous faut dans noſtre équipage,
Continua le Prince, auoir vn livre blanc,
Pour mettre les noms de celles

Qui ne ſeront pas rebelles,
Chacune ſelon ſon rang.
Ie conſens de perdre la vie,
Si devant que ſortir des confins d'Italie
Tout noſtre livre ne s'emplit,
Et ſi la plus ſevere à nos vœux ne ſe range :
Nous ſommes beaux, nous avons de l'eſprit,
Avec cela bonnes letres de change ;
Il faudroit eſtre bien étrange,
Pour reſiſter à tant d'appas,
Et ne pas tomber dans les laqs
De gens qui ſemeront l'argent & la fleurette,
Et dont la perſonne eſt bien faite.

Leur ba gage eſtantpreſt, & le livre ſur tout,
Nos galans ſe mettent en voyë.
Ie ne viendrois iamais à bout
De nombrer les faveurs que l'amour leur envoye :
Nouveaux objets, nouvelle proye :
Heureuſes les beautez qui s'offrent à

leurs yeux!
Et plus heureuſe encore celle qui peut
leur plaire!
Il n'eſt en la plus-part des lieux
Femme d'Eſchevin ny de Maire,
De Podeſtat, de Gouverneur,
Qui ne tienne à fort grand
honneur
D'auoir en leur regiſtre place.
Les cœurs que l'on croyoit de
glace
Se fondent tous à leur abord:
I'entends déia maint eſprit fort
M'obiecter que la vray-ſem-
blance
N'eſt pas en cecy tout à fait:
Car, dira-t-on, quelque parfait
Que puiſſe eſtre vn galand dedans cet-
te ſçience,
Encor faut-il du temps pour mettre
vn cœur à bien:
S'il en faut, ie n'en ſçais rien;
Ce n'eſt pas mon meſtier de cajoller
perſonne:
Ie le rends comme on me le don-
ne;

Et l'Atioste ne ment pas:
Si l'on vouloit à chaque pas
Arrester vn conteur d'Histoire,
Il n'auroit iamais fait, suffit qu'en pareil cas
Ie promets à ces gens quelque iour de les croire.
Quand nos avanturiers eurent goûté de tout,
(De tout vn peû, c'est comme il faut l'entendre)
Nous metrons, dit Astolphe, autant de cœurs à bout
Que nous voudrons en entreprendre;
Mais ie tiens qu'il vaut mieux attendre.
Arrestons nous pour vn temps quelque part,
Et cela plûtost que plus tard;
Car en amour comme à la table
Si l'on en croit la faculté
Diversité de mets peut nuire à la santé.
Le trop d'affaires nous accable;
Ayons quelque objet en commun;

Pour tous les deux c'eſt aſſez d'vn.
I'y conſens, dit Ioconde, & ie ſçais vne Dame
Prés de qui nous aurons toute commodité ;
Elle a beaucoup d'eſprit, elle eſt belle, elle eſt femme
D'vn des premiers de la Cité.

Rien moins, reprit le Roy, laiſſons la qualité :
Sous les cottillons des griſettes
Peut loger autant de beauté
Que ſous les iupes des Coquettes.
D'ailleurs il n'y faut point faire tant de façon,
Eſtre en continuel ſoupçon,
Dépendre d'vne humeur fiere, bruſque ou volage :
Chez les Dames de haut parage
Ces choſes ſont à craindre, & bien d'autres encor.
Vne griſette eſt vn treſor ;
Car ſans ſe donner de la peine,

Et ſans qu'aux bals on la pro-
meine,
On en vient aiſément à bout,
On luy dit ce qu'on veut, bien ſouuent
rien du tout.
Le point eſt d'en trouuer vne qui ſoit
fidelle;
Choiſiſſons la toute nouuelle,
Qui ne connoiſſe encor ny le mal ny
le bien.
Prenons, dit le Romain, la fille de
noſtre hoſte;
Ie la tiens pucelle ſans faute,
Et ſi pucelle qu'il n'eſt rien
De plus puceau que cette belle;
Sa poupée en ſçait autãt qu'elle.
I'y ſongeois, dit le Roy, parlons luy
dés ce ſoir:
Il ne s'agit que de ſçauoir
Qui de nous doit donner à cette Iou-
vencelle,
Si ſon cœur ſe rend à nos vœux,
La premiere leçon du plaiſir amou-
reux.
Ie ſçais que cét honneur eſt pure fan-
taiſie,

Toutefois estant Roy l'on me le doit
ceder ;
Du reste, il est aisé de s'en accommoder.
Si c'estoit dit Ioconde, vne ceremonie
Vous auriez droit de pretendre le
pas,
Mais il s'agit d'vn autre cas,
Tirons au sort, c'est la iustice,
Deux pailles en feront l'office.
De la chappe à l'Evesque helas ils se
batoient
Les bonnes gens qu'ils estoient.
Quoy qu'il en soit Ioconde eut l'auantage,
Du pretendu pucelage,
La belle estant venuë en leur chambre
le soir,
Pour quelque petite affaire,
Nos deux Avanturiers prés d'eux la
firent seoir,
Loüerent sa beauté, tâcherent de luy
plaire,
Firent briller vne bague à ses yeux:
A cét objet si precieux
Son cœur fit peu de resistance;

Le marché ſe conclud, & dés la méme nuit,
Toute l'hoſtellerie eſtant dans le ſilence,
Elle les vient trouuer ſans bruit.
Au milieu d'eux ils luy font prendre place,
Tant qu'enfin la choſe ſe paſſe
Au grand plaiſir des trois, & ſur tout du Romain
Qui crut auoir rompu la glace,
Ie luy pardonne, & c'eſt en vain
Que de ce point on s'embaraſſe:
Car il n'eſt ſi ſotte apres tout
Qui ne puiſſe venir à bout
De tromper à ce ieu le plus ſage du monde.
Salomon qui grand Clerc eſtoit
Le reconnoiſt en quelque endroit
Dont il ne ſouvint pas au bon-homme Ioconde.
Il ſe tint content pour le coup,
Crut qu'Aſtolphe y perdoit beaucoup;
Toüt alla bien, & maiſtre Pucelage
Ioüa des mieux ſon perſonnage.

Vn ieune gars pourtant en avoit essayé
Le temps à cela prés fut fort bien employé ,
Et si bien que la fille en demeura contente.
Le lendemain elle le fut encor
Et mesme encor la nuit suivante.
Ce ieune gars s'étonna fort
Du refroidissement qu'il remarquoit en elle :
Il se douta du fait, la guetta, la surprit,
Et luy fit fort grosse querelle.
Afin de l'appaiser la belle luy promit ,
Foy de fille de bien , que sans aucune faute,
Leurs Hostes délogez elle luy donneroit ,
Autant de rendez-vous qu'il en demanderoit.
Ie n'ay soucy , dit-il , ny d'hoste ny d'hostesse ;
Ie veux cette nuit mesme ou bien ie diray tout.
Comment en viendrons nous à bout?

(Dit la fille fort affligée,
De les aller trouuer ie me ſuis engagée,
Si i'y manque, adieu l'anneau
Que i'ay gagné bien & beau.
Faiſons que l'anneau nous demeure,
Reprit le garçon tout à l'heure;
Dites moy ſeulement, dorment-ils fort tous deux?
Ouy, reprit-elle, mais entr'eux
Il faut que toute nuit ie demeure couchée,
Et tandis que ie ſuis auec l'vn empeſchée,
L'autre attend ſans mot dire, & s'endort bien ſouuent,
Tant que le ſiege ſoit vacant;
C'eſt là leur mot. Le gars dit à l'inſtant,
Ie vous iray trouuer pendant leur premier ſomme:
Elle reprit, ah! gardez vous en bien,
Vous ſeriez vn mauuais homme:
Non, non, dit-il, ne craignez rien,

Et laissez ouuerte la porte.
La porte ouuerte elle laissa,
Le galant vint & s'aprocha
Des pieds du lit, puis fit en sorte
Qu'entre les draps il se glissa,
Et Dieu sçait comme il se plaça,
Et comme enfin tout se passa,
Et de cecy ny de cela
Ne se douta le moins du monde
Ny le Roy Lombard ny Ioconde.
Chacun d'eux pourtant s'éueilla,
Bien estonné de telle aubade.
Le Roy Lombard dit à par soy,
Qu'à donc mangé mon camarade?
Il en prend trop, & sur ma foy
C'est bien fait s'il deuient malade.
Autant en dit de sa part le Romain.
Et le garçon ayant repris haleine,
S'en donna pour le iour, & pour le lendemain,
Enfin pour toute la sepmaine.
Puis les voyant tous deux rendormis à la fin,
Il s'en alla de grand matin,
Tousiours par le mesme chemin,

Et fut suiuy de la donzelle,
Qui craignoit fatigue nouuelle.
Eux éueillez, le Roy dit au Romain,
Frere dormez iusqu'à demain,
Vous en deuez auoir enuie,
Et n'auez de present besoin que de repos.
Voire, dit le Romain, mais vous-mesme à propos,
Vous auez fait tantost vne terrible vie.
Moy ? dit le Roy, i'ay tousiours attendu ;
Et puis voyant que c'estoit temps perdu,
Que sans pitié ny conscience,
Vous vouliez iusqu'au bout tourmenter ce tendron,
N'en ayant point d'autre raison,
Que d'esprouuer ma patience,
Ie me suis malgré moy, iusqu'au iour rendormy ;
Que s'il vous eust pleu nostre amy,
I'aurois couru volontiers quelque poste,
C'eust esté tout, n'ayant pas la risposte,

Ainsi que vous, qu'y feroit-on ?
Pour Dieu, reprit son compagnon,
Cessez de vous railler, & changeons de matiere.
Ie suis vostre vassal, vous l'auez bien fait voir ;
C'est assez que tantost, il vous ait pleu d'auoir
La fillette toute entiere :
Disposez en ainsi qu'il vous plaira ;
Nous verrons si ce feu tousiours vous durera.
Il pourra, dit le Roy, durer toute ma vie,
Si i'ay beaucoup de nuits telles que celle-cy.
Sire, dit le Romain, treue de raillerie,
Donnez moy mon congé, puis qu'il vous plaist ainsi.
Astolphe se piqua de cette repartie,
Et leurs propos s'alloient de plus en plus aigrir,
Si le Roy n'eust fait venir
Tout incontinent la belle.
Ils luy dirent iugez-nous

En luy contant leur querelle,
Elle rougit, & ſe mit à genoux,
Leur confeſſa tout le myſtere.
Loin de luy faire pire chere
Ils en rirent tous deux, l'anneau luy fut donné,
Et maint bel écu couronné
Dont peu de temps apres on la vid mariée,
Et pour pucelle employée.

Ce fut par là que nos auanturiers
Mirent fin à leurs auantures,
Se voyant chargez de lauriers
Qui les rendront fameux chez les races futures ;
Lauriers d'autant plus beaux, qu'il ne leur en couſta,
Qu'vn peu d'adreſſe, & quelques feintes larmes,
Et que loin des dangers & du bruit des allarmes,
L'vn & l'autre les remporta.
Tout fiers d'auoir conquis les cœurs de tant de belles,
Et leur liure eſtant preſque plein,

Le Roy Lombard dit au Romain,
Retournons au logis par le plus court chemin ;
Si nos femmes ſont infidelles,
Conſolons nous, bien d'autres le ſont qu'elles.
La conſtellation changera quelque iour ;
Vn temps viendra que le flambeau d'amour,
Ne bruſlera les cœurs que de pudiques flames ;
A preſent on diroit que quelque aſtre malin,
Prend plaiſir aux bons tours des maris & des femmes :
D'ailleurs tout l'Vniuers eſt plein
De maudits enchanteurs, qui des corps & des ames,
Font tout ce qu'il leur plaiſt ; ſçauons nous ſi ces gens,
Comme ils ſont traiſtres & meſchans,
Et touſiours ennemis, ſoit de l'vn ſoit de l'autre,
N'ont point enſorcelé, mon eſpouſe

& la vostre ?

Et si par quelque estrange cas,
Nous n'auons point creu voir, chose qui n'estoit pas ?
Ainsi que bons bourgeois acheuons nostre vie,
Chacun prés de sa femme, & demeurons en là ;
Peut-estre que l'absence, ou bien la jalousie,
Nous ont rendu leurs cœurs, que l'hymen nous osta.
Astolphe rencontra dans cette prophetie.
Nos deux auanturiers au logis retournez,
Furent tres-bien receus, pourtant vn peu grondez,
Mais seulement par bien-seance.
L'vn & l'autre se vid de baisers regalé ;
On se recompensa des pertes de l'absence ;
Il fut dansé, sauté, balé ;
Et du nain nullement parlé ;
Ny du valet comme ie pense.
Chaque espoux s'attachant auprés de

ſa moitié,
Veſcut en grand ſoulas, en paix, en amitié,
Le plus heureux, le plus content du monde;
La Reyne à ſon deuoir ne manqua d'vn ſeul poinct,
Autant en fit la femme de Ioconde,
Autant en font d'autres qu'on ne ſçait point.

LA MATRONE D'EPHESE.

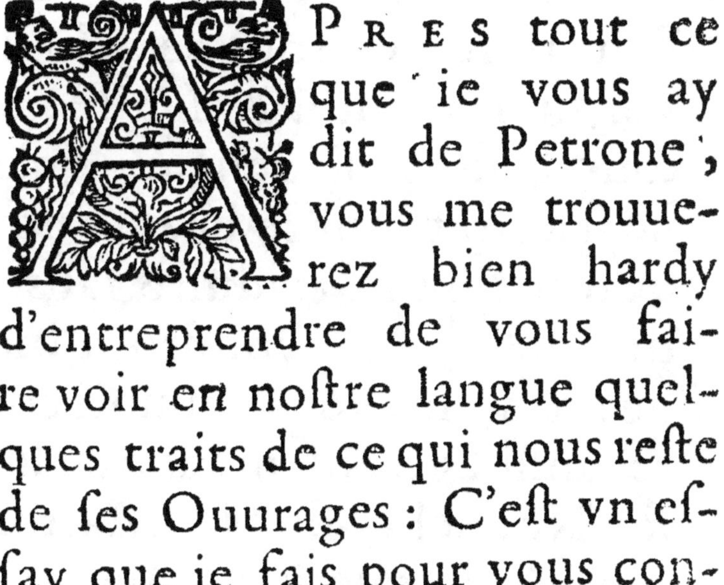

APRES tout ce que ie vous ay dit de Petrone, vous me trouuerez bien hardy d'entreprendre de vous faire voir en nostre langue quelques traits de ce qui nous reste de ses Ouurages : C'est vn essay que ie fais pour vous contenter, & qui demeurera s'il vous plaist entre nous, parce que ie ne me picque pas de la gloire de bien escrire, & que ie suis persuadé qu'il n'est pas aisé d'attaindre à la politesse de cét Autheur. Ie sçay qu'il a des graces inimitables, qu'il y a vne certaine fleur d'esprit dans la maniere dont il s'exprime, qu'elle se pert dés qu'elle passe en d'autres mains, que l'on trouue en tout ce qu'il dit vn air si naturel & si aisé, vn tour si fin & si delicat, qu'on ne sçauroit rendre beauté pour beauté, ny le traduire sans le desfigurer. Ie voudrois bien neantmoins, vous pouuoir conter aussi agreablement que luy, sa Nouuelle de la Matrone d'Ephese, que vous auez tant d'enuie d'entendre, ſans rien deſrober de ſa gloire ny de voſtre plaiſir.

Apres qu'Eumolpe eut garenty ſes amis du danger où ils s'eſtoient trouuez dans le vaiſſeau de Licas, & que par ſon courage & ſon adreſſe il eût deſarmé la colere de tous ceux qui eſtoient entrez dans la querelle pour l'vn ou l'autre des deux partis. Il n'oublia rien pour calmer ce qui pouuoit reſter de reſſentiment dans les Eſprits ; & pour aſſeurer cette reconciliation il fit ſi bien, qu'on ne parla plus que de ſe diuertir ; & tournant la conuerſation ſur des matieres agreables, il la fit tomber enfin ſur l'attachement qu'ont la pluſpart des femmes à donner de l'amour, & ſur le plaiſir qu'elles ont d'eſtre aimées, ſur leur legereté à s'engager dans de nouuelles paſſions, & la facilité qu'elles ont à s'en degager.

Eumolpe qui n'auoit iamais eu de tendreſſe pour le ſexe, & qui n'auoit pas cette diſcretion qui oblige les honneſtes gens à cacher ce qu'ils en penſent, dit cent choſes plaiſantes, pour faire voir qu'elles n'eſtoient tendres que par foibleſſe ou par caprice; qu'elles n'eſtoient fidelles que par l'intereſt, la crainte, ou le deffaut d'occaſions, que la coqueterie eſtoit le fonds de leur humeur, & que leur vertu n'eſtoit qu'vne habileté à la déguiſer. Il dit que leur ame n'eſtoit pas moins fardée que leur viſage, & qu'il y auoit de l'artifice en toutes leurs paroles & leurs actions, mais ſur tout dans leurs larmes. Il dit que c'eſtoit là le fort de leur deſguiſement, & le plus grand art dont elles ſe ſeruoient pour tromper les hommes, qu'apres ce qu'il auoit veu il ſe defieroit toute ſa vie de ces femmes qui font vanité de leurs ſoûpirs, & qui veulent ſe ſignaler par la monſtre d'vne inconſolable douleur.

Tifreine & ſes femmes eſcoutoient ce diſcours auec beaucoup d'impatience, & vouloient interrompre Eumolpe; mais il eſtoit en poſſeſſion de dire toutes choſes, & de les dire ſi plaiſamment, qu'il auoit tousiours ies rieurs de son costé. Comme il vit donc que le reste de la compagnie souhaitoit d'apprendre ce qu'il auoit veu, & qu'hormis Tifreine tout le monde auoit les yeux attachez sur luy, pour donner attention à ce qu'il alloit conter. Il commença de la sorte.

Vne Dame recommendable par la reputation de sa vertu, autant que par les charmes de sa beauté, estoit l'ornement & l'admiration de la Ville d'Ephese, & les femmes mesmes des pays voisins venoient la voir par curiosité comme vne merueille. Le Ciel luy auoit donné vn Espoux digne d'Elle; mais le bon-heur dont ils ioüissoient tous deux ne fut pas de longue durée, & la mort de cét Espoux termina bien-tost le cours d'vne felicité que tout le monde regardoit auec enuie.

Elle parust si sensible à cette perte, que toutes les marques d'vne douleur ordinaire estoiēt trop foibles pour exprimer la sienne. Elle ne se contenta pas selon la coustume, d'assister toute escheuelée à la pompe funebre de son mary, de fondre en larmes, & de se battre la poitrine deuant le peuple qui accompagnoit le Conuoy. Elle voulut suiure le defunt iusqu'au monument, & l'ayant fait embaûmer & mettre dans vn cercueil, elle le fit porter dans vn sepulchre à la mode des Grecs : Et comme si la mort n'auoit pas eu le pouuoir de les ſeparer, elle ſe reſolut à ne point quitter le Corps, à pleurer nuit & iour, & ſe laiſſer mourir de faim aupres de luy.

Ses parens & ſes amis ne purent la deſtourner d'vne reſolution ſi cruelle, & les Magiſtrats voyans que leurs Conſeils, ny meſme leur authorité ne gaignoient rien sur cét eſprit tout occupé de ſon deſeſpoir, furent contraints de l'abandonner. Cette Dame enfin deuenuë plus illuſtre par l'excés de ſa douleur, qu'elle ne l'eſtoit auparauant par ſa vertu, ny par ſa beauté, auoit paſſé trois iours ſans prendre aucune nourriture, n'ayant pour toute compagnie qu'vne femme fidelle & affectionnée, qui mesloit ses larmes à celles de sa Maistresse, & prenoit le soin d'entretenir la lumiere qui les esclairoit dans l'obscurité de cette grotte. On ne parloit d'autre chose dans la ville d'Ephese ; vne vertu si rare faisoit l'entretien le plus ordinaire du monde, & chacun la proposoit comme vn exemple admirable d'amour & de fidelité.

Dans le mesme temps le Gouuerneur de la Prouince ayant fait attacher en Croix quelques voleurs, tout proche de la triste demeure où la vertueuse Dame se consumoit en regrets au pied du cercueil de son cher Espoux : Le Soldat commandé pour garder les Croix, de peur que les Corps ne fussent enleuez, aperceut durant les tenebres & le silence de la nuit, la lumiere qui estoit dans le monument, & creut entendre les plaintes d'vne personne affligée; aussitost par vn mouuement de curiosité commun à tous les hommes, il s'aduança quelque pas de ce costé-là, pour sçauoir ce que ce pouuoit estre; mais entendant redoubler les mesmes plaintes, il descendit enfin dans la grotte pour s'éclaircir de la verité.

Au bruit qu'il fit en entrant, cette Dame desolée tourna deuers luy les yeux, qu'elle tenoit auparauāt attachez sur le corps de son mary; mais si malgré sa douleur elle fut surprise de l'abord de cét inconnu, il ne le fut pas moins par vn ſpectacle ſi lugubre, & par la veuë de la plus belle perſonne du monde. Il euſt bien de la peine à s'aſſeurer ſi ce n'eſtoit point vne illuſion, & ſi ce corps qu'il voyoit eſtendu, & ces femmes qui le gardoient, n'eſtoient pas autant de fantoſmes.

Dés qu'il fut reuenu de ſon premier eſtonnement, il vît bien que ces objets deuoient cauſer plus de compaſſion que de crainte, & par les plaintes qu'il entendoit, il comprit le ſujet d'vne affliction ſi extraordinaire : Il remarqua meſmes ſur le viſage abbatu de cette illuſtre affligée, des charmes que la douleur & l'abſtinence n'auoient que bien peu diminués : Et comme l'amour s'inſinuë aiſément dans les cœurs par la pitié, il la pleignit & l'ayma preſque en vn meſme moment, & commençant deſia de s'intereſſer à ſa conſeruation, il fut chercher quelque nourriture, & la porta auſſitoſt dans ce tombeau.

Il n'oublia rien pour l'exhorter à ne perſeuerer pas dauantage dans vne reſolution ſi funeſte & des regrets ſuperflus. Il luy dit, que la ſortie de ce monde eſtoit la meſme pour tous les hommes, & qu'il falloit aller tous en meſme lieu. Il luy repreſenta que la fin de la vie eſtant inéuitable, les regrets de ſa perte eſtoient inutiles. Il ſe ſeruit enfin de toutes les raiſons que l'on employe d'ordinaire pour adoucir de ſemblables afflictions : mais au lieu de ſe montrer ſenſible à la conſolation de cét inconnu, elle redoubloit les efforts de ſa douleur, ſe meurtriſſoit le viſage auec plus de violence qu'auparauant, & s'arrachoit les cheueux qu'elle iettoit ſur le cercueil de ſon cher Eſpoux, comme de nouueaux ſacrifices de ſon amour & de ſon deſeſpoir.

Le ſoldat ne ſe rebuta point de cette obſtination, & s'imaginant qu'il pourroit la fleſchir plus aiſément par l'exemple de ſa ſuiuante, il eſſaya de perſuader celle-cy par toutes ſortes de moyens. Comme ſa douleur eſtoit moins forte, & qu'elle n'auoit pas trop bien reſolu de ſe laiſſer mourir de faim, elle ne ſceut reſiſter plus long-temps au preſſant beſoin de manger, & à la veuë des viandes qui la tentoient dauantage que tous les diſcours de ce conſolateur. Enfin elle ſe laiſſa vaincre, & ſurmontant vn reſte de pudeur qu'elle auoit de monſtrer moins de courage que ſa Maiſtreſſe, elle tendit la main pour receuoir le ſecours qu'on luy offroit ſi genereuſement.

Dés qu'elle euſt repris quelque vigueur par vn peu de nourriture, elle ſe mit à combattre elle-meſme vne douleur ſi opiniaſtre par toutes les raiſons que ſon amitié, ou l'enuie de ſortir d'vn ſi triſte lieu luy purent inſpirer : Que vous ſeruira, diſoit-elle à ſa Maiſtreſſe, de vous enſcuelir toute viue dans ce Tombeau, & de vouloir rendre à la deſtinée vne ame qu'elle ne vous demande pas encore.

N'exercez point ſur vous ces injuſtes rigueurs,
Que voſtre deſeſpoir eſpargne vn peu vos charmes,
Les Dieux peu touchez de vos larmes,
Ne vous rendront iamais l'objet de vos douleurs,
La mort eſt vn monſtre inflexible,
Et ce corps inſenſible,
Ne ſe peut r'animer par l'excés de vos pleurs;
Renoncez à la triſte gloire,
D'eſtre fidelle, & tendre pour vn mort,
Vos regrets ne ſçauroient, changer

l'ordre du ſort,
Perdez de voſtre amour la funeſte memoire,
Songez à viure ; & ceſſez de pleurer,
Malgré de voſtre Eſpoux la perte douloureuſe,
Il ne tient qu'à vous d'eſtre heureuſe,
Vous auez dans vos yeux dequoy la reparer.

Si celuy que vous pleurez auec tant d'amertume eſtoit à voſtre place, il ſeroit ſans doute plus raiſonnable que vous n'eſtes, & ſe conſoleroit plus aiſément de vous auoir perduë. Croyez-moy, deffaites-vous d'vne foibleſſe dont les ſeules femmes ſont capables, & ioüiſſez des auantages de la lumiere

lumiere tant qu'il vous sera permis. Ce corps que vous voyez deuant vous, vous aprend assez quel est le prix & la brieueté de la vie, & vous aduertit que vous deuez mieux la ménager.

La faim, & le desir naturel de se conseruer, sont de puissans seducteurs en de pareilles occasions ; & la personne du monde la plus desesperée, a bien de la peine à se deffendre d'escouter ceux qui luy conseillent de viure ; Il ne faut donc pas trouuer estrange, si cette femme qui paroissoit si resoluë à mourir de sa douleur, fut contrainte de succomber à ces persuasions, & à l'exemple de sa suiuante.

Ce Soldat officieux voyant

qu'il auoit gagné ſur elle vne choſe qui luy paroiſſoit d'abord impoſſible, porta ſes deſirs plus loing ; & comme l'amour nous fait imaginer de la facilité dans toutes les choſes qu'il nous fait deſirer, il creut trouuer encore moins de reſiſtance dans la vertu de cette belle affligée, qu'il n'auoit fait dans ſon deſeſpoir.

Et pour en venir à bout, il luy dit tout ce que les premiers feux d'vne paſſion, aidée d'vne grande eſperance & d'vne occaſion fauorable peuuent inſpirer de plus touchant. Le ieune homme ne paroiſſoit à la prude, ny deſagreable de ſa perſonne, ny ſans eſprit : Elle commençoit à remarquer qu'il faiſoit toutes choſes auec beaucoup de grace, & qu'il n'estoit pas incapable de persuader : Desia cette simpathie secrette, qui fait plus souuent & plustost que l'estime la liaison des cœurs, agissoit si fortement sur le sien, que les conseils de la suiuante, qui n'oublioit rien pour reconnoistre les graces de leur bien-faicteur, acheuerent de la gagner.

Pouuez-vous, luy disoit-elle, moins faire pour celuy qui vous a sauué la vie, que de respondre à son amour, & puis que vous rencontrez heureusement en luy dequoy vous consoler de la perte que vous auez faites, estouffez si vous me voulez croire dans la douceur d'estre aimée, le reste de vostre douleur.

C'est pousser trop long-temps d'inutiles soupirs,
Ne vous opposez point à ces iustes desirs,
La nature vous dit, qu'il est doux de les suiure,
Ce n'est pas assez que de viure,
Il faut viure pour les plaisirs.

Il est aisé de s'imaginer le reste, & qu'il falloit vn cœur plus insensible que le sien contre de si fortes attaques. Le moyen apres tout qu'vne femme abbatuë par vne si longue abstinence, & l'excés de son déplaisir, eût la force de resister à la violence d'vn soldat entreprenant & passionné, ou plustost comme se pouuoit-elle deffendre d'aimer, & de satisfaire vn homme à qui elle auoit de si grandes obligations.

Ils demeurerent ensemble non seulement la premiere nuit d'vne auanture si rare, mais encore le lendemain & le iour d'apres dans cette grotte, les portes si bien fermées, que quiconque y fut venu, auroit pensé sans doute que cette femme, que l'on croyoit la plus honneste du monde, auoit expiré sur le corps de son mary.

Le Soldat charmé de la beauté de sa Maistresse, & du secret de sa bonne fortune, alloit pendant le iour achepter dequoy luy faire bonne chere, & le portoit dans le monument dés que la nuit estoit venuë. Cependant les parens de l'vn de ces Voleurs que l'on auoit pendus, s'eſtant aperçeus qu'il n'y auoit plus de garde aupres d'eux, enleuerent le Corps, & luy rendirent les derniers deuoirs; mais le Soldat, à qui les ſoins de ſon plaiſir auoient fait negliger ceux de ſa charge, voyant le lendemain qu'il n'y auoit plus de corps à l'vne de ces Croix, tout effrayé de la crainte du chaſtiment qu'il auoit merité, reuint trouuer ſa Maiſtreſſe, & luy conter le malheur qui venoit de luy arriuer.

Il n'alloit pas moins que de la vie dans la faute qu'il auoit faite, & ſçachant combien le Gouuerneur de la Prouince eſtoit ſeuere, il deſeſperoit de ſa grace, & ne vouloit point attendre ſa condemnation. Il estoit donc resolu de se faire iustice luy-mesme, & de punir sa negligence de sa propre main, pour éuiter la honte du suplice : Il sembloit que rien ne le pouuoit destourner de cette pensée, & qu'vne mort violente alloit rauir à cette belle le second objet de son amour. Il la supplioit desia d'auoir soin de sa sepulture, & de le mettre dans ce mesme Tombeau, qui deuoit estre fatal à son Espoux & à son Amant. Il estoit enfin sur le point d'executer vn dessein si funeste ; Lors que cette Dame, qui durant son discours n'auoit songé qu'aux moyens de l'empescher, arresta le coup de son desespoir.

Aux Dieux ne plaise, s'écria-t-elle, que ie ſois reduite à regretter en meſme temps la perte de deux perſonnes qui me ſont ſi cheres, puis qu'il y a des expediens pour m'en garentir: il eſt iuſte que ce qui me reſte de l'vne, ſerue à me conſeruer l'autre, & i'ayme bien mieux voir pendre le mort, que de voir perir le viuant.

A ces mots le Soldat tout tranſporté de ioye, ſe iette aux pieds de ſa Maiſtreſſe, & rauy du conſeil ingenieux d'vne femme ſi auiſée, il confeſſe que ſon amour & ſes ſeruices ſont trop heureuſement recompenſez: Apres cela, ils ſe mirent en deuoir tous trois de tirer le corps du Cercueil, le Soldat le chargea ſur ſes eſpaules, & fit ſi bien, qu'il l'attacha ſur cette Croix, d'où l'on auoit enleué l'autre.

Le lendemain deux amis du mort pouſſez de la curioſité d'aprendre ce qu'eſtoit deuenuë ſa vertueuſe femme, s'en allerent de bonne heure vers le Tombeau: Ils s'entretenoient en chemin des loüanges d'vne fidelité ſi extraordinaire, & quand ils furent proche des Croix, ils leuerent par hazard les yeux ſur celle qui eſtoit le plus prés d'eux, où ils reconnurent le viſage de leur amy, dont les traits eſtoient encore aſſez remarquable: La peur les ſaiſit à vn tel poinct, qu'au lieu d'aller iuſqu'au monument pour s'en aſſeurer dauantage, ils coururent tous effrayez vers la ville d'Epheſe, où ils firent auec peine le recit de ce qu'ils venoient de voir. La nouuelle s'en répandit aussitost, & le peuple accourût en foule pour voir vn spectacle si nouueau, chacun se disant auec estonnement : *Comment se peut-il faire, qu'vn mort soit sorty du Cercueil pour aller au gibet.*

En cét endroit Eumolpe fut contraint de finir son conte, parce qu'il se fit vn si grand esclat de rire dans toute la Compagnie, qu'on ne luy donna plus d'attention. Les Mariniers qui s'estoient approchez pour l'entendre, s'en retournerent à leurs Manœuures en battant des mains, sur vne auanture si plaisante. Et Thifrene mesme qui durant le recit d'Eumolpe en auoit rougy plus d'vne fois pour l'honneur de ſon Sexe, ne pût s'empeſcher d'en ſouſrire. Le ſeul Licas qui auoit vn fonds de mauuaiſe humeur, capable d'empoiſonner toutes les ioyes du monde, ſe prit à dire en branſlant la teſte d'vn air chagrin : Si i'auois eſté à la place du Gouuerneur de la Prouince, i'aurois fait deſtacher le mort de cette Croix, & l'aurois fait remettre dans le Tombeau auec les meſmes honneurs que la premiere fois, & i'aurois fait pendre en ſa place auec toutes les marques d'infamie vne ſi meſchante femme. Ce iugement fuſt trouué ſi à contre-temps, & de ſi mauuais gouſt, qu'on ne fit pas ſeulement ſemblant de l'entendre, & chacun ſe remit à rire plus fort qu'auparauant.

FIN.

www.ingramcontent.com/pod-product-compliance
Lightning Source LLC
LaVergne TN
LVHW020040170826
845678LV00001B/343

* 9 7 8 2 3 2 9 6 9 7 2 3 9 *